JN277623

詩集

春宵《しゅんしょう》

花里鬼童

詩集　春宵　目次

春宵《しゅんしょう》

春宵《しゅんしょう》

戸外《そと》は深々《しんしん》、寒い

我が家の向こうに
子どもたちの広場があって
広場の向こうは
富士川に行方委ねる小川がある
小川を囲むように
千本の櫻の木を背負った山がある
山は幾重にも、肩を並べる山々を従え
山々の遠く霞む先は
空の境にまで続いている

この立て込んだ戸外は
陽が西の山に隠れて
夕闇が漂い始めたとは云え
去り際惜しむ残光が
燃え残りの榾火《ほだび》のように揺れて明るい

きびしい寒さに馴れた
帰り急ぐ鳥たちの
鳴き交わした鳴き声が
まだ耳朶《みみ》の端にのこっているのに
稚《おさな》い弥生の夕暮は、まだ切ない程寒い

この時季、夕食から団欒の間

デザートも、語らいも忘れて
息を密《ひそ》めて、待っている
襟元に忍び込む冷えに抗って
マフラーを深く合わせて、待っている

すると
マフラーから食《は》み出した首筋に
何かが、触《さわ》った
何かが触った気配がした
弥立《よだ》った身の毛に
むっくり、なんだか肩を持ち上げた感じ
何かが肩を持ち上げた触り
微《かす》かな予感に
肩尖を突き上げた触りが当たる

それは、石のように硬い
途轍もなく硬いその中に潜んで
深い呼吸をして蠢《うごめ》いている

さわさわと急ぎ足で渡る風が伝えるのは
どうやら、あの千本の櫻の百万の蕾たちの
一斉の、早い目覚めか
目覚めて首を擡《もた》げでもした気配か、音《ね》か
まだ、底知れず凍る宵
なんだかあったかい思いが、溜息のように伝って来る

（「虹アンソロジー・２０１３」第２集）

春の嵐

庭を覆うように
枝を高く拡げた桜に
身を躍らせた風が戯れている
まだ蕾の固い桜の、一番高いところは
投網を打ったように
細かい網目模様を見せて跳ねている
その樹の下にいる私の肩を揺する風は
すでにヒヤシンスや辛夷《こぶし》の匂いのする
暖かくて、柔らかい春の体嗅だ
この風は
どうやら樹の上の方と

人のいる下の方と
二種《ふたいろ》の華《はな》やぎを吹き分けている
まだ眠っている雨戸を叩いている風は
春の使者への非礼を咎めているのか
優しく慌《あわただ》しい
さして遠くもない山に
少々雪が残っている彼岸入りの翌朝
繋がれたままの、膨《ふく》れっ面の犬の鼻先まで吹き洗って
面倒を見たよと、きわめて慇懃《いんぎん》である
我が家の開花の遅い梅の
綻びかけた蕾にも
微笑をとろうと、ご機嫌を伺っている
こうして季節の春を持ち込んだ風は
さんざん吹き荒れて

半日ほど滞留を続けていたが
役目が終わったのか
挨拶もなく消えた
どうせのことなら
介護疲れの私を
そのままどこかへ攫《さら》っていって欲しかったのに

（2013・3・18）

早春《はる》の雨

寿命山昌福寺[※註]の節分会《せつぶんえ》が
無事に終わったせいでしょうか
その晩、にわかに緩んだ陽気は
今朝、柔らかい優しい雨を降らせています
門に差し渡された松の枝を濡らした雨は
門扉に架かった簡易ポストの屋根に跳ねたり
玄関脇の柊の葉を揺さぶったりして
薺《なずな》や辛夷《こぶし》からの伝言《たより》を
どこに吹聴したものかと
落ち惜しんでいます
ただ何故か、どの雨垂れも

昨夜《ゆうべ》玄関の柱に插《さ》された
黒い鰯の頭を避けています
微《かす》かな風が
北西に向かって吹いていますが
我が家を吹き抜けた雨脚は
その途次《て》で
君が窓ガラスに額を押しあてて
じっと待っている軒下を
雫となって濡らしているでしょうか

（「虹アンソロジー・２０１３」第２集）

※註　山梨県にある寺

寒行

粉雪が舞い散る街道を
マント風の黒染の合羽を纏《まと》った
発心寺《ほっしんじ》※註1の修行僧が
一人、また一人と
一〇メートル間隔の従列を作って
五・六人が托鉢の歩みをすすめている
街は、この隊列以外、人っ子一人通っていない
庇《ひさし》を深く落とした家並みを
念佛と持鈴《じれい》が
身を切る風となって舞いかかる
粉雪を被った網代笠《あじろがさ》を傾け

脚絆に素足を包み
重い草鞋を一足一足踏みしめて拾う
胸許の頭陀袋《ずだぶくろ》は
風の悪戯《たわむれ》に捲《めく》れる程軽い
合掌の片割れの左手は
手甲の雪を忍ばせて、顎下に揚げたまま動かない
街から、やがて
念佛と持鈴が陰々《いんいん》と遠くなっていく※註2

（「火の群れ」125号）

※註1　福井県にある寺
※註2　NHK・WORLD・RADIO・JAPAN・CALENDAR（2013）から

どうした、我が家の鶯

椿も寝覚めていない
明ける気の無さそうな、朝を
早ばや口一杯に啄《の》み込んだ
まだ口舌　滑舌　本調子でない啼き声を
孵化《かえ》って間もない鶯が
耻《は》じらいもなく洩らしている
庭の築山のあたりの
若い杉の木立から
空池《からいけ》のまわりの木斛《もっこく》、沈丁花
さては連翹《れんぎょう》の枝を分けて渡ったか
啼き声だけを零《こぼ》して移動している

花の終わった梅や
ようやく精気の戻った木犀の方角から
オロオロと不作法な鼻唄が
明けてくる朝を待っている
例年だと
この不器用な鶯は
我が家の庭に一週間程逗留して
声音《こわね》声色《こわいろ》の声調をととのえ
ホーホケキヨは、何故か他所で披露している
花火は遠くで眺めた方が
きれいに見えるとでも言うのか
それにしても
あのホーホケキヨを何年も我が家で耳にしていない
それにしても

たまには引き返して来て
我が家の庭で啼いてみる気はないか

（2013・3・26）

木槿《むくげ》

六甲山の麓
山裾に遠く沿って
声を潜めて咲いている花がある
まるで、ここを登っていく人達の
足許を照らす灯りのように
ゆらゆら　ゆらゆら
芙蓉のように嫋《たお》やかで
慎ましく揺れている
背丈を求めず
叢を這《は》う雑草に混じって
やわやわと燃えている木槿

朝を迎えて生命を開花《ひら》くが
夕《ゆうべ》
疲れた足を引き曳って山を下る人達を見送ると
花弁は、妍《けん》を収めて静かに睡る

（「イマジネーション」No.11）

初夏 I

庭の躑躅の高笑いを見た
艶やかな赤紫色の絹を羽織った花辨が
浅い朝の眠りをのこしているというのに
その足許に蹲《うずくま》る庭石の塩苔《しおごけ》は
口を堅く結んで押し黙ったままだ
辺りは、初夏の気配である
山鳩からして物憂い音色から
思い直したように覚めた声色を洩らしている
花や
鳥から
見放されこの朝は

やや冷えが勝って
肌に沁みるが、煩わしい程ではない
燕がはやくも巣造りの下見にやって来て
ぼくの喘息も小憩《こやす》みとなった
鼻先や耳朶に戯れる風は
はや、春を忘れてしまっている
子どもが履き忘れたスニーカーが
前日の雨の恨みを歌っている
庭を抱えた空は
朝がはやいというのに
耀いた青い色を表わさない程に、光っている
地べたも家の戸袋も
ようやく起き出した人間も
みんな、みんな、まぶしいものを懐に入れている

（山梨の詩・２０１４）

初夏 Ⅱ

赤子が手足を
おそるおそる伸ばすように
若葉の萌える木立の間から
赤い縒《よ》り糸にも似たもみじの葉が伸び始めた
その隣から
鶯いろのもみじも
揮《ふる》いたつような勢いで伸びている
卯月も、このころになると
あたりの眠気を覚ますように
悪戯《よた》風を吹かせて愕《おどろ》かせる
もみじの紅も鶯色も

風が八つ当たりするたびに
大袈裟に枝々を顫《ふる》わせて
風の意を迎えている
その揺れの度に
枝先の葉末は
我から身を縒《よ》じて
すくりと伸びる
すくりと伸びて初夏を呼吸する

（「虹」41号）

季節の移ろい

卯月の金粉を纏った
南からの風が
引っ切り無しに押し寄せると
樹齢百年を数えるこの大欅は
全長一〇メートルもの巨体を揺すって、咆哮する
時は、未熟が尽きた春
早緑《さみどり》の葉波が
一斉に彩色合《いろあい》を燃やして
その滴る艶《つや》を火花のように撒きちらしている
風は、梢を荒々しく鳴らし
剪《き》られる気遣いを知らぬ枝々は

剣尖《けんさき》を烈しく重ねて研ぎ合い磨き合い
葉裏が翻《ひるがえ》る度に
真緑《まみどり》に変身を遂げる
ああ、これは風の闘《せめ》ぎ合いだろうか
この不断の働きから
季節がはっきり変わっていく

だれの知恵も及ばない
神業《かみわざ》

(2013・4・26)

佛の座

元旦の朝
子どもの広場の片隅
焚火の燃え残りや
剪り倒された櫻の木
置き去りにされたビールケースの傍らに
散らばった塵芥《ごみ》のように
密生した「三階草《さんかいぐさ》」の佛の座の一群を見付けた

広場を訪れただれの目にも留《と》まることなく
ひっそりと
しかし、人眼憚《はばか》ることなく

罌粟《けし》粒程のピンクの花を
精一杯高く押し上げていた

垂直に伸びた一本の茎に
天辺の花に向かって、二層三層を作って対生する葉が
広々と蓮華座を設《しつら》え
四、五輪の花を支えている

花はどれも、天蓋を前に傾け
天蓋の内なる閨房を告知している
ここに蓄えられた蜜を慕って
蜂が天蓋の内に踏み入れば
天蓋は上唇《じょうしん》に命じて、雄蕊を指し伸ばし
蜂のからだに

酬《むく》い少ない歳月の恨みの花粉を
したたかに塗《まぶ》して
実り期待できない次なる季節に
急わしく生命を繋ぐ

開花した花の隣に
花弁を深く閉じ合わせたまま
羞いを隠した閉鎖花《へいさか》※註があった
この嫁《ゆ》かず後家は
自家受粉を遂げて
花の意地を見せている

台座に縋《すが》った露にも満たぬ花が
何故上段の台座に

この地獄極楽を咲かせているのだろうか

別名　ホトケノツヅレ
類別　シソ科、オドリコソウ属
性質　多年草
用途　雑草

（「虹」38号）

※註　雌しべと雄しべが交っても花冠が開かず、自家受粉で結実をとげる花

白桃

白桃

爪をたてるまでもなく
親指と人差し指で軽く抓《つま》むだけで
ビロードのような薄い皮が
指先のおもむきのまま
我からすっと滑って
滑ったまま皮を伴ってはらりと剥ける
甘酸っぱい馥郁とした匂いは
皮が実から離れる一瞬
霧状に立ち籠め
キリキリと酔わせ
この白桃は

左の掌一杯に円く収まって
時の静止をしばし待っている
人は皆、この白桃を前に
決して一気に口には運ばぬもの
桃は果物ではあっても
その心得は生きものだからだ
身中、深く匿《かく》している種の堅固《かた》さを
明かさない理由《わけ》もある

（「火の群れ」136号）

ラ・フランス

ラ・フランスを器量《きりよう》が良いとは
どなたも思うまい
そのどれを見ても
痘痕《あばた》と染《し》み
形状《なり》も重量《おもみ》も不揃いで、異形
ただ、これを貌《かお》に見立てれば
なんとも愛嬌のあること
味わいのあること

これの、豊熟の味と芳香《かおり》に触れるや
かくなりはてた因縁が腑に落ちる

ナイフを滑るように走らせて
その不粋な面皮《めんぴ》を剥いて
滴る果汁の一滴たりと逃さぬ手早さで
窈窕《ようちょう》の白い果肉を口に運べば
前歯に触れただけで
シャーベットの如く泡も見せず溶けてきて
咽喉《のど》許へ吸い込まれる

舌は
その得も言われぬ芳醇の味覚に
魂の消えていく幻覚に迷って
一頻り口を開けたまま感に堪えている

この面妖怪奇な面付《つらつ》きは
世の卑小卑賤な輩《やから》に
中味の極上の境地を明かさぬ構え
このこと固く固く戒めれば
自《おの》ずと面《おもて》に苦澁が表われ
その果実の思いの丈が
膨《ふく》れっ面となり、お多福となる

ラ・フランスが如何に出自の不運に堪えようとも
泉のように湧いて尽きない心酔の芳香《かおり》だけは
消しようがないのだ

ラ・フランス
ああ、ラ・フランス

（「虹」38号）

里芋

路傍にうち捨てられた
親芋の山
芋達のからだに巻き付いた
赫茶けた毳毳《けばけば》は
すでに堅く撚じれて呆《ほう》け立ち
そのままを、石の如き自若さで
堆《うずたか》くいる
遺棄《すて》られたものの無念
顧《かえり》みられることなき非情
幾層にも重り合って
倨傲《おごり》のままを、強《したた》かに居直り

丸いものは丸い形
杓《しゃく》れて長いものは長い形
子持は小芋を抱えたまま
嘯《うそぶ》いた面付《つらつ》きで
その風体と形状を譲らぬ
芋の山は
日毎夜毎　風雨に晒され
天日に干上がり
やがて塵芥となって舞い散るのだろうが
その腐れ崩れた残骸の中
微《かす》かに
親芋の足許の汚れを分けて宿った芽が
研ぎすまされた鎌の刃尖を覗かせている
まだ粒にも充たぬ光った芽は

この足場もない保壘《とりで》を突き崩すものに
はや、静かな身構えをととのえている

（山梨の詩・２０１４）

百匁柿

ことし巡って来た秋に
ずっしりと重い百匁の柿が成った

枝を僥める実りは
深い季節の手柄

肌の赫味の嘯《うそぶ》きは
あえて晒すごま塩の斑点は
このところの寒気に叛く隈取りだろうか
摘まれた時の出自を証す意気地だろうか

構ってくれるな
見据えてくれるな
総身をてらてらと光る艶に
満天の季節を映している
ご覧
手のひらから溢れる
種の在りかを匿した　企み深い果実の
いささかも熟柿の先を見せぬ居坐り
もの言わぬ恐ろしい百匁という重量

（2013・11・19）

花梨《かりん》

花梨は、面体醜怪である
面体の異様は、ラ・フランスも同じだが
派手な黄憐の面相に比べ
青褪めたラ・フランスは、花梨より異相ではないか

花梨は、その置かれたままの姿で
転げれば、転げた先の停まった姿で
乙女の肢体から立ちのぼる
熟成した繊微な甘い芳香を漂わせている

その、人の立ち眩みを誘う香りは

扉を排《あ》けると、屋内のたたずまいより先に
訪れた人の途方を惑わせる

匂い届かぬ人よ
彩り鮮やかな花に魅かれて
なにもかも見失ってしまうことのないように
地球の重量ほどのミッションを抱いた花梨を忘れるな

仏頂面

仏頂面

訪れかかった朝が
躊躇《ためらい》を見せたのは
まだ枝が未練を遺して
紫御殿《はな》の舟型の葉尖きの露を散らさずにいるのに
もう霜の匂いを告げているからだろうか
ぼくは、すっかり若いつもりで
明けてくるしじまを
今日の生きる呼吸に替えている
この世に
ぼくは何を遺したらいいのか
未だに思い迷っている不器用

そこはとうに通り過ぎたところだのに
いつも行きつ戻りつで
灼ける思い程、躰は前へ運ばない
やって来た朝への挨拶も忘れて
ぼくは自分でも分かる仏頂面だ

（「虹」41号）

君の風

星の光芒程に耀《かがや》いた君の眸を
サラサラと洗って
耳朶《みみたぶ》の脇を抜けると
項《うなじ》に乱れる産毛に戯《たわむ》れ
そのまま深い髪の毛に分け入って身を寄せた

幼い日の子守唄が聞こえてくる
貂《てん》のように光る前髪は
吹き抜けていく季節の風に向かって
枕に馴れた後頭部《うしろ》の髪に
昔々あるところにあったお噺をきかせている

四方《あたり》が静かになって
人の気配がなくなっても
迷い込んだ風は君を彷徨《さまよ》いやめず
やがて、だれかを慕い追うように
さわさわと未練を残して流れ止まない

（2012・8・18）

笑顔

あなたの笑顔から零《こぼ》れた
ライラックの花辨に似た皓い歯は
跫音もききとれぬ程の　この遠くからさえ
明瞭《はっきり》と見えます
そして、そんなにも距離があるのに
あなたの微笑の滴りで
ぼくの小さな胸のコップは溢れ出し
にわかに呼吸困難になってしまう
どうぞこれ以上、近寄らないでください
遠目でも分かる
泡のように湧いてくるあなたの襟元のフリルの

目暈《めまい》のするあの花の甘い香りが
ぼくをたちまち蝶に化身《けしん》させてしまうからです
あなたはもう、ぼくを見詰めないでください
そうでないとぼくの心と神経は
たちまちショートしてしまいます
だからぼくが渇いて水を求めるように
あなたの笑顔が欲しいときは
二度とあなたに酔わぬように
そっと、あなたを盗み見ることにします
ぼくは、まったくあなたの笑顔しか知らないからです

（2013・3・30の日）

ときめき

先を急いでいるぼくにとって
このことを、泡沫《うたかた》の思いにしたくない
毎日を、今日から明日にかけて
かねて、秤《はかり》の計量の顫《ふる》えまで
祈る思いを抑えるようにして計った
生命の間尺
いささかの狂いもあってはならない
喩《たと》え、行き摺りに拾った弾みとは云え
疼いて焦がれた動悸《ときめき》を
懐深く抱いてしまった以上
空蝉《うつせみ》の胸にとどめて放しはしない

向こうが、応えもなく動かなくとも
視線などが外れていても
そんな些事にかまけてはいられない
ここを外したら
再びは巡っては来ない
再びは結ぶことのない
機会《おり》
待って火照った手を、差しのべるか
小さな胸を迎えるだけの間合いをとって
肩をそっと寄せるか
瞬きのむこうの
何気ないサインを
気配も見せず読み取ることだ
咽喉《のど》許が小さく脹《ふく》らみ

肩にかかった栗毛色の髪が、たった今
項《うなじ》を離れて額にかかったのが見えないか

（2013・8・10）

右手の孤独

何度か手を繋ごうと
大事な右手を出しかかったが
素直に、君の左手が探れない
足並みは一緒なのに
どうしてこうもちぐはぐな心迷い
君が少しでも脚の　運びを狂わせ
その柔らかい躰を左に傾ければ
ぼくは、何気なく
ふわふわ肩で遊んでいる君の髪の毛を
極く自然に
そのまま抱いてやれるのだが

万事は季節の気紛れがいけない
冬至も近いこの夕昏れ
日暮れを待たして気配を暖めている
いっそきびしい時雨でも降らして
季節のけじめを利かせたらいいのに
右手の孤独に
ぼくはなんと言い訳をしたらいいものか

（「虹」41号）

人生《しごと》の規律《きまり》

生きるって、終生の仕事ですね
己の身に余る生命を
懸命に引き上げながら
日常の立居振舞い
ご近所のお付合い
45キログラムのからだの持ち運び
このことを、毎日遣《や》り仰《おお》せなければいけない
何しろ
眼《まなこ》がいよいよ冴えて
見えない先まで、ちらちら見えて
耳、口、指の先

生命紡ぐ、あらゆる器官を燃やして
働かせる、働かせる
エネルギーなどという、力や力量にかかわりなく
行き当たりばったりの馬力だが
毎日はとても疲れます
つらくても草臥《くたび》れても
この仕事はやり続けるしかないのです
これを今日やっておかないと
明日、仕事が嵩みますから
からだとまったく別のところで
いろいろ遺り残したことや
思いつかなかったことが
不意に思い返って
今日の仕事の仕舞い処を思案するんです

馬齢は、ここから先が
ちょっと霞んで来るのです
眼鏡の曇りを
ティッシュペーパーで拭くのと違って
眼の玉を直によくよく磨いて
瞬き惜しんで凝視しないと
今日の行末が見えません
生きるって終生の仕事ですが
肩を落とした、たった今
じっとしていないで、動こうとしない足を
思い切ってそのまま踏み出せないかと思うのですが

（2013・1・1）

人として生きたい

ここは、言葉を必要としません
ここには、泪を払う手はありません
眸があなたを求めています
眸があなたを追っています

昨日生きたことは
昨日で終わっていて
今日の衿持は
今日いっぱいを遣って
生命の役目を果たします
明日は、明日の生命の算段です

多弁な眸が
その今を燃え
喧しいお喋りをしています
神様、わたしの一つのお願いを叶えてください
一回限りでいいですから
ひとつかみの言葉を選んで歌にすることをお許しください
わたしにお許しの出た歌が
わたしの閉ざされた口許を離れたとき
もっとも高いキーのまま
周囲の人の胸に伝わり
人々の心にいつまでも響いてやまないものとなりますように

その歌のフレーズはこうです
「人として耀いて生きたい

明日を恃《たの》む
今日紡ぎきれなかった夢を
明日に繋げることのできる人として　生きたい」
（2013年、筋ジストロフィ関東甲信越地区甲府大会の日に）

蟹は、なぜ真っ直ぐ歩くか

蟹は、なぜ真っ直ぐ歩くか

蟹は、真っ直ぐ歩くか

人は、爪先の向いた方に歩く
その足は
からだの方向《むき》を制約する
その足は、頭脳《あたま》の働きまで規律する
人は、いつも必ずどこかに向かっている
風の吹き廻わしにかかわりなく
どこへ向かうかは
五本の指を、火薬のように匿《かく》している
一足《いっそく》の足が決めている

蟹も
足の向いた方に歩く
しかし、蟹は
剛《こわ》い毛の生えた足の向きの
左か右かの、いずれかの正面に向かって
姿勢を正し、躊躇《ためらい》なく歩いていく
蟹は、その飛び出した目玉の生理で
その日の生き方を選び
選んだ向きに従って真っ直ぐ歩く
選んだ先は、潮間、潮目の意を迎えることなく
身辺の、危険の触りの神経だけを
落ち着きの折り合いとしている

人は、不幸にも
生まれおちたときから
言葉という厄介な荷物を
生命の臍にぶら下げている
持ち主の意のままにならぬ重い荷物故に
人の足は
時々呼吸継ぎをしなければならない

蟹は、如何なるときも
硬い相好をくずすことなく歩く
考えに深く没ちると、泡を噴く
思い至らず熟慮が過ぎると
大量の泡で目玉を洗う
この泡は、決断まで止まることがない

蟹は、重たい鋏を肩に宛てがったまま
両脚を全面に開いて据え
ここに目玉を寄留する

人はすでに道となっている道を選んで
危なげない歩みをすすめ
足の馴れに寄り添って、そこを急ぐ
行く手は、実に見慣れた風景だけであるが

蟹は、己が歩み始めた方向の向こうを
己の道にしてすすみ
すすんだ先の真っ暗闇を
肩に担いだ鋏で切り裂いて歩む

（2012・9）

殺風景

こうなったら
刺身になっても、生きる

頭《かしら》を外《はず》され
尾鰭胸鰭も捌かれ
臍も無い
身一つで、何も無い、無い

躰の表裏も剥ぎ取られ
生き血も筋も引き抜かれ
骨は小骨まで捥《も》ぎ去られ

生身だけが、恰好良く俎にのせられた

遺ったものは、反骨の跡
相場に組せぬ腸《わた》の性根
山葵《わさび》も芥子《からし》も寄せつけぬ
素性の知れぬ刺身の妻と一緒に
唯々《いい》と口に入れられてたまるか
目など細めて喰われてなるものか

賞味期限はこっちから切ってある
手取り足取りまでされて
手厚く
見栄えのするお造りにする深謀《たくらみ》
この上の気遣いは

年増の厚化粧というものだ
ぶつ切りのように刻まれ　下《おろ》された始末
刺身のまま
生きている意地を晒してもらおうか

（2013年、憲法記念の日に寄せて）
（「イマジネーション」No.11）

盗難

私の躰から
一日に一つずつ
臓器や部品を盗む奴がいます

戦争ばかりやっていた国に生まれて
やっと最後の戦争が負け軍《いくさ》に終った後
反省も慚愧もない国体の手で
心身ともに飢えた若い私は
両側の肋骨を
左右、四本と五本と切り取られて
早々と若気《わかげ》を盗られました

両肺には、小豆大の穴が
如露の口のように開けられて
息の根はとっくに無くなっていました

さて、その後は慌《あわただ》しく
目と耳と
口端から舌の根っ子まで
片っ端から盗《や》られました

何せ昨日は
半分になった肺の入口の
か細い血管のバルブを
密かに千切って持ち遁《に》げされました
お蔭で嚔《くしゃみ》とアレルギーは消えましたが

青い血脈とエネルギーが乏《とぼ》れてしまいました

今日は今日で
折角心臓に生え育てた毛を
一束ごっそり引き抜かれました
乏しくなった髪の毛への面当てか
情容赦のない仕打ちに
開いた口がふさがりません

もはや、私に残された躰と云えるものは
背骨だけのようです
これが盗まれれば
私は人間稼業をお終いにしなければなりません
背骨にある思想

その脇にある分別
これが失われれば
私は歩いていく方向すら分からなくなってしまうのです

戦後が終わっていない暮らしで
部品はどうでもいいけど
呼吸の臓器
心の臓器だけは取り戻したいのです
私の、人間を取り戻したいのです

（2013・3・10）

ポケットの自由

ぼくのポケットに
ぼくが何を入れようと、勝手だろうが

ささやかな暮らしの歌を
小銭と一緒に入れておいたのに
無理矢理捲《ね》じ込まれた手がある
理不尽を表情《おもて》に見せず
刃物のような、研《と》ぎ込んだ拳骨を剥き出して
ぼくのポケットに突っ込んだ
絶対に合わぬ辻褄を
汚れた指を畳んで折り合って居座り

そのため
ぼくの明日の思案を追い出しにかかっている

醜く脹れたぼくのポケットから
選択とか
チャンスとか
規律《きまり》とか
覚悟とか
とか、とかの思いが食《は》み出されて
遺《のこ》っていた憲法までが窒息の浮目
満ち足りた平穏息災を
今までさんざん飽食して
その揚句の悪足掻《わるあが》き

だれのポケットにも手を入れる
ポケットの秘密を無視して手を入れる
手の内を見せては
ポケットにそっくり収まらぬから
拳骨にした強《したたか》さ
かくなる上はポケットの入口を封じ
その入口を固め
これを意志的に締め上げ
内側の燃える憤怒で
捲《ね》じ込まれた手を焼死させることだ

遺体をどのように始末するのも
ポケットの自由だろうが

（2013・4・10）

肚《はら》の虫

この虫、人間の腹の中にしか棲まぬ
と云って、だれの腹の中にもいる訳ではない
人の世の
熱い涙を常に容れ
重なる切歯の日を堪《こら》えながら
節操真っ直ぐで、折れ曲がることがない
このことに、頑《かたく》なに偏《かたよ》る者の腹の中にしか
決して棲まぬ模様
性、短慮径行ではあるが
まこと、正義真摯である
主として、男性の肝の傍《わき》に控えているが

極く稀に、女性の子宮の門前にも
息を密《ひそ》めているとも訊《き》いている
所在必ずしも一定ではない
いかなる薬害にも強く
凡そ、不浄、不条理を好まず
厚顔にして硬骨をもって矜持としている
また、この虫
悪食《あくじき》非行のため、養殖することかなわず
ために、発生から終焉まで一代で終わる
特に政《まつりごと》や学問芸術の領域で
似非《えせ》、模倣、剽窃に馴染《なじ》み
専ら流行《はやり》に棹さして悪怯《わるび》れぬ
そうした輩《やから》の臭い息に
過剰に反応して

マグマの如き報復に炎《も》える

ああ、この虫
今日も、人前憚らず
地団駄踏んで泣き喚《わめ》くが
だれか、宥《なだ》めてくれぬか
だれか、抑えてくれぬか

だれにも覗《のぞ》けぬ腹の中

（2012・6）

肝っ玉

肝っ玉って、どんな玉ですか
男性が所有《も》っている玉とは違うんでしょう
この玉は、人間のどこにありますか
お腹のあたりと訊いていますが、本当ですか
玉は、普段座っていると云いますが
そして、時に
腹と尻の辺を、往ったり来たりしているとも云いますが
信じていいのでしょうか
頭脳《あたま》には余り昇った試しはないようですが
そうでしょうか

この玉は市販されていることはありませんか
悪しきことを深謀《たくら》み、人柄賤しき人たちの体内には
この玉は棲みづらいっていうのは
真実ですか
この玉、体重になっていますか
鉄砲に充填《こめ》たら飛び出しますか
冷やすと元に戻ると聞きましたが、真実《まこと》ですか

――人の器量《うつわ》によって、玉の大小が違う
――それで、破壊力が異なる
――それで、見境が見極められない
――年齢《とし》に関係ない
それって、正気の沙汰ですか

男性の玉は肚の虫に養われ
女性の玉は乳房のミルクで育てられ
氏より育ちとは云いながら
その強度に男女差がないんだそうです
主人《あるじ》が笑うと、玉は柔和を保ち
怒れば、青筋立てて暴発する

肝っ玉の寿命はどの位ですか
主人の寿命と同じと相場は決まっているようですが
人魂《ひとだま》という玉に変幻して
自立自活してこの世に生き続けるって
本当でしょうか

ミッション

人はみな
自ら選ぶことのない出生を
胎内の十月十日の滞留で
母の、怖れを秘めた切ない期待を貪って
呱々《ここ》の声にし、我がものにする

臍を剪って生命を分かつが
もはや母親の片割れではない
葉末を伝って谷間へ落ちた
澪にも満たぬ身が
晦冥《かいめい》の未知へ向かう覚悟

たった今
屈していた膝を烈しく突っ張り
荒々しく蹴り立てる
焼火箸のような脚は、自身との決別か
眼から鼻から、耳から口から
飽食した母の血肉を噴き出した
阿修羅の形相は
棲み馴れることなきこの世への
抗いのサインか
無数の産毛を纏《まと》い皺々にくるまった一片の肉塊に
深く畳み込まれた
爛れた深紅のミッションが見える

（2013・11・21）

腸《はらわた》が煮立っている

馬や鹿の内臓は、酒肴に美味だが
人間の腸は、煮ても喰えない

人の誇りが蔑ろにされ
汚され
それで気が動顚して弾じけると
腹の臍に繋がる心の緒に自動点火して
刻《とき》を措かず腸が煮えくり返るのだ

待つことの知恵を棄て
時世の流れを矯《た》め

静寂に身を任せることの大切を忘れて
効率と利便を求める愚かが
「原発」を量り売りし
「教育」を貶め
「秘密」に錠前をかける

この国に陽が照っている間はいい
雨の日風の日に思い及ばない人がいる
この人たちの気象莫迦に倚ってはいられない

（2013・11・26）

ネコを貸して

ネコを貸して

隣へ、猫車《ねこ》を借りに行った

「悪いけど、ネコを貸しとくんねえ」
隣の主人《あるじ》が怪訝《けげん》な顔付で
「俺家《おらげ》の猫をどうするでえ」
「どうするって…
あれを使いたいんだけんど」
主人の眼は宙《ちゅう》を拾って
腑に落ちない
「使いたいって?」

そう云えば、この家には
寿命、人間で云えば百歳になろうという
老いた猫がいた
近頃は視力、脚腰頓《とみ》に衰えて
座敷の中を、座卓の脚にぶつかり
襖に突き当たり
あっちへよろよろ、こっちへよろよろ蹌踉《よろ》めいて
時に這い蹲《つくば》って
赤ん坊の鳴き声に似た悲鳴をあげていた

「俺家の猫は不要《いら》んで
荷物を運ぶネコよ」
主人、ようやく呑み込んで
「ああ、あの猫車ね

どうぞどうぞ」

——してみると
一瞬とは云え、あの老猫を
ぼくが、我が家の鼠を捕まえるのに使おうとでも思い違えたか

（俺家の猫）は今
厚い座布団の上に
長々と身を横たえて
うつらうつらと昼寝《やす》み

（「虹」38号）

半纏《はんてん》

はんてんとは
なんとあたたかな呼称《よびな》であろうか
はんてんとは
なんとうれしい言葉《ひびき》であろうか
それは、羽織よりはるかに着易く
それは、コートよりはるかに雑作ない

両の手をひろげたまま通しても
佇《た》ったまま　何気なく羽織っても
襟首のあたり
肩のあたり

ぴたり寄り添って
すぐと体温となじむ

きびしい冬の風が
どのように鋭い刃物をあてがっても
その模様や縞は
絵柄の目をきつく詰め合って通さない

袖が綴れとなり
肩口に綻びができても
襟許を掻き合わせれば
包まれた生命は冷めない

母から娘へ

たとえ幾代を着継がれても
羽織ったものの心に
いつも交《かよ》い合う
はんてん

（1965・4・28、千葉県農村中堅青年養成所37期生の娘たちへ）

あれから※註

だから言ったろう
あの人に呑ませても
余り、ありがたみがないって

懲《こ》りずに、再び誘い合わせた
うなぎ処「大善」

誇りも、奢りもなく
摘まみも、めったに口に運ばない
ひたすら盃を重ねるばかり
ひたすら重ねて、酔いを誘い

他愛ない、昔々の
でも、盃の顫《ふる》えが止まらぬ程の嬉しさを
入れ歯の噛み合わせに逆らうことなく
語り聞かせる

一合の徳利四本といえば
まあ、馬齢《とし》相応の終了《あが》りどき
そう思って、空の徳利四本を前に
うな重の運びを促したが
先天の性《さが》は諍えない
いつものの、あのときのままだ

もう一本でお積もりだよっと
自らご託宣

接待役を差しおいてだ

これを自堕落と言うか
加齢のせいと庇《かば》いだてるか
それとも甘えとでも言うか
と言って、ここを恕《ゆる》せるか

このご仁には
とんと自責も反省もない
恥じらいの欠けらもない
いまは、ただ
友情という盃に縋《すが》って
最後の一本に
明日を忘れた未練があるだけだ

だからいつも言ってるだろう
あの人の不調法は、並みではない
これは極めて神に近い
この世に何ものも怖れることのない
限りなく、神に近いのではないか
そう思うのだが

（2013・10・13）

※註　拙著第四詩集『風花』の作品中の、「ある土曜日」の後日譚

清酒を知らない人への便り

――銘酒「聖山《うばすて》」物語――

私の友人が
信州千曲の原酒清酒を
現地から、はるばる送って来ました

私は、原酒という酒で
今まで、口に火がついたように辛くて
頭を金槌で叩かれたように痛くて
参っていました
また、生酒は呑んでも
名前の無い名刺のように、襟元しらじらしく

無味索漠で
酔えませんでした
つまり嗜好《このみ》ではないのです

ところがこの「聖山」は
口腔《くち》にふくんだ途端
駘蕩《たいとう》の桃源境に彷徨《さまよ》い出たように
ほのぼのとして口当たり円《まろ》やか
口中、金の鈴が転《ころ》んだように鳴って
咽許《のどもと》の極上の爽やかさ
肴は、出し味噌の一舐《ひとな》め
煮干しの一匹《いちび》があれば十分
汲むほどに酔いが差し
満ち潮の立居であります

ああ、この天にも昇る心地
ああ、春日《しゅんじつ》、薄絹の布団にくるまり目蕩《まどろ》んだ心地
もうこれが毒薬《どく》であっても
私はしっかりと口に注いだことでしょう
この上は、ほかの酒は戴けないほどの喉《のど》当たり
これぞ日本の
いや、これぞ独専《わたし》の酒であります
私の全《まった》き嗜好と哲学に適《かな》った
天界稀少の美酒
仙界秘匿《ひとく》の美薬

酒を知らない人には
ゆめゆめこの酒を知らせまいぞ

呑ませまいぞ
迷い無く、この酒を通り過ごせ
迷い無く、跨ぎ過ごせ

（「虹」36号）

文楽という清酒《おさけ》

八代目　桂文楽をご存じかな

安楽庵策伝から円朝まで、二八五年
円朝から文楽没まで、一三二年
噺家が無数に輩出したが
八代目文楽程
歯切れ滑舌さわやかで
咄に、艶、色香が匂い立ち
ほのぼの人肌の感じられる噺家は
この人をもって絶後である

その文楽の
人としての味わいを吟醸にした
同名の酒が埼玉県にある

この酒、まこと不思議な酒
不思議の言葉に、「摩訶《まか》」は冠せない
嬰児の、概念なき愕《おどろ》きにも似た
生れたまんまの不思議である

たとえて云えば
呑み口は
新涼を誘う秋風が
時季《とき》を違《たが》えて、咲くに咲けないコスモスの
蕾の毛先を渡り損ねた佇《たたず》まい

立居《たちい》、構えもない
口腔中《くちじゅう》を滑って
舌の根に寄り添い
寄り添って動かない収まりを
どこに求めたら良いかに迷う
その迷いに戯《たわむ》れている酔いとでも云おうか

咽喉《のど》越しの気配も見せず
体内に入った酒精は
どこを経巡《へめぐ》っているか正体が知れず
酔いの痕跡をとどめない
幾度かの盃の運びに
ふと酔いの行方を訪ねれば
戻らぬ昔が、昨日のことのように蘇《よみが》える

戻らぬ昔に泪《なみだ》はないが
文楽を呑んだ報《むく》いに、強《したた》か溺れてしまう

呑み終えて
一息淹《い》れて我に返れば
あの秋風が果てるように
もう文楽を忘れている

あなたは八代目文楽を
よくよくご存じかな

一席終わって、深々頭を下げて
頭が上がると同時に
すっと腰が浮いて

そのままの姿を運んで、楽屋に消える
高座は主を失っても
噺の華《はな》をいつまでも咲かせている

文楽はそういう酒よ

（「虹」37号）

私の家

家を購《か》いました
真智子の電話の声には
歓喜《よろこび》が抑え切れない、顫《ふる》えがあった
夢にも、母の手を執って
我が家の玄関の扉を
ともに排《あ》けたかった思いが痛い
雨やら、風やらに、深く廂《ひさし》を傾け
寒暖の節季は窓を大きく開けて倚り
食事よ、憩よとテーブルに笑顔を集める
その、どこの家庭にもあった
暮らしの営みの常態を

二人で分かち合うことの幸せを
真智子はやっと手に入れた
身一つで、きびしく店舗を立ち上げ
母の愛だけを、世過ぎの護りとして
脇目も振らずに働いて
ようやく抱え込んだ幸せ
分かち合う母はすでに亡いが
真智子よ、それを悔やんではならない
濡れた顔を埋める胸こそないが
真智子の成就した願いに
声もなく寄り添っている母の永遠の幻のあることを
片刻も忘れてはならない
だから
家に入るときは

母の小さな肩を抱いた思いでゆっくり身を入れ
夜寝《やす》むときは
四方の戸締まりを
母の手を添えるようにして大事にととのえ
いつも二人でいることを
いつも二人でかかわっていることを
心に刻んでおくことだ

（2013・8・8）

昏《く》れる

真智子は待っている
真智子は、ずっと待っている
問いかけも
返辞もない、その声を

母一人、子一人の
この世で
いつの日か、きっと夢結ぶ
果敢なくも、切ない出自に寄せた
汚れなき世過ぎの始末

「貧楽」という言葉を
己の生態《いきざま》に移し替えて
驕奢《おご》りや高貴を望まず
諂《へつら》いをもっとも忌み
人の心を平気で弄《もてあそ》び、金で購う
こうした輩を蔑視《ぶし》し、痛罵《ののし》って流飲を下げ
侠気と潔白を生き貫く
その母の手塩に育まれた歳月しか持ち合わさぬ
真智子

だから、母の居酒屋は
繁昌しても、いつも赤字だ
泥棒に追銭はやっても
偽善の勘定は鐚《びた》一文負けぬ

ここだ
乳呑児が、母の乳房を慕うように
不惑を重ねる年齢《とし》になって、なお
真智子は母を追い続ける
雨につけ風につけ
袖を覆って真智子を庇う
いつも必死の形振《なりふり》
もはや幻となった今も
母に追い縋《すが》る
その幻の影にさえ
淡い母乳《ちち》の匂いを求めて
ひたすら追い縋る

過ぎた日は還らない

過ぎた日の夢は還らない
でも、真智子は待っている

そうして、いつまでも待っている
真智子の今日の日は
母の幻に明け
その幻を追い疲れて眠り
昏れる

ＮＡＯＭＩの靴

中学2年生にしては、大きな靴だ
26センチの靴だ、よろしい
丈がぐんぐん伸びて
鴨居に届く1・7メートルだ
身に付くものは、皆ＬＬだ
やや小さめの頭は
廻転が機敏で
その上視線の巡りが速くて、特によろしい
その廻転の素早いのが
人にとても優しくて
嬉しい限りだ

ただ、房々と頭《つむり》を覆った髪は
鳶色より幾分朱味《あかみ》の勝った
樺色か潤朱《うるみしゅ》に近い
柔らかくて、縮れっ毛で
毛先は金色に輝いている
広い額には、その金色が
ぶどう棚から覗いたぶどうの房のようにかかって
いつも深い考え事をしている
声がかからなければ
こっちを向いてもらえないお前の笑顔が
いつも両頬の含羞《はにか》みに滲んでいる
天井を知らない背丈に
いよいよ小さくなる爺《じ》いパパは
お前にどんな梯子をかけたらいいか思い悩んでいる

二人で散歩を心掛けたところで
お前の一足《ひとあし》に
どうしたって遅れをとる爺いパパの歩巾は
その分、嬉しい厄介をかけ続けるが
歩いている間中の切ない思い患いが
とても幸せなのだ
お前が産まれ落ちたときから不在の父親に替って
一生懸命の爺いパパの愛は
並んで歩けない程も
お前との距離を作ってはいないかとても心配だ
お前の無類の優しさに甘えて
親仁面を見せている
さて、これからのお前の成長に
この爺いパパはどう寄り添えばいいのか

本気で倚《よ》りかかられれば
間違いなく押し潰されるに違いない
その頼りない確信に歩みを矯《た》めて立ち停まっている

（2013・3・16）

彩香の指

親指と
人差し指と
中指と
薬指と
小指と

その一片《ひら》ずつが
静かにひろげられて
――それが、産まれたばかりのきみの指であった
きみの　手であった

切り餅のみみのような
やわらかい　しわしわの花弁《はなびら》が
開くと
その中心のたなごころに
きみは
どんな雄蕊雌蕊の花を植えようというのか

（孫娘に与える）

逝く

逝く※註

一、予感（二月五日、夜半から雪模様）

雪の匂いのする重い雨脚が
昨夜半から降り続いて
今朝は、糸のように細くなった
まだ跫音遠い春への思いに
少々疲れた陽気に向かって
この雨脚は、優しい労《ねぎら》いの言葉をかけている

昨日
病篤い疑いを医者から聞かされたと

かなり抑えた声で伝えて来た君の電話は
甘い真穴みかんを
幾度か送ってもらったお礼をどうしようかと
考えあぐねていたぼくの
遅鈍な神経に針を刺した
ようやく迎えた
老境という躊躇ない不惑に
予想もしない重い荷を
不意に背負わされた狼狽もあって
手は尽くすが
在りのままだと、淡々と君は話をしている

電話の向こうの君の冷静に
ぼくは声もなく頷くだけだ

ぼくだったら
ぼくだったら叫びを上げるところだが
抗がん剤は使わない、髪の毛がなくなるから
在りのままの姿で
精一杯手を尽くす
声の掠《かす》れもなく
思い詰めた様子もなく、話す君よ

雨は、今日一日降って
明日から、また雪になるという
でも、いよいよ細くなる雨脚は
遠い春をしっかり予感しているのに

二、立命《りつめい》（五月一二日午後九時）

伊予から甘夏《あまなつ》蜜柑の箱が届いた日
君はにわかに容態に障りがきて
がんセンターのホスピスに移ったと聞かされた
蜜柑の箱に記された送り状の文字が
君の筆跡とは違っていたので
ぼくは、直ぐと君の異変に気付いた
慌しく君が家を後にしたことを
ぼくに報らせてくれた人は
君に替って蜜柑の手配をしてくれた友人であった
手近に身寄りのない君は
やや離れた兵庫県に住む妹さんに
後事を託したとの電話は

つい一週間前に
口調達者な君の口から聞かされたばかりであった
君が、抗がん剤の投与を拒んで
自然の死を厳しく選んだことは
最後の旅支度をととのえたという報告とともに
初めての告白だった
君の、余りに従容とした立命の意志の
哀しい程の清々しさに
こうした局面に弱いぼくは
烈しく唇を噛んだ
君は七〇年の人生を
その過不足に触れることなく
何の疑いもなく
たった今を、生き切ろうとしている

ぼくの女々しい友情は
このことに涙を堪えることができなかった
だれに看取られることもなく
産まれたままの振る舞いで終わる君へ
声の届かぬ罪に顫《ふる》えながら
昨夕届いた
酸味の勝った蜜柑に
ぼくは慚愧の歯を思いっ切り当てる

三、自若《じじゃく》（五月一二日午後七時三〇分）

君から昨日送られてきた甘夏蜜柑を
二切れ喰べ終らぬ中

君は、午後六時一五分亡くなった

蜜柑の優しい酸味に噎《む》せながら
ぼくは君の死を
しきりに否定している
膵臓がんの告知から三ヶ月余
それも私の巡り合わせと
弱気も、意気がりも見せず
淡々と電話してきた君だったから
がんへの特別な治療を請《こ》わず
有りのまま、極く普通に生き続けたい
揺るがない、そんな君だったから
こんなに速く逝く筈がない
だから、そんな巡り合わせで

運命だの宿世だの言葉に
折り合いつけられては困るのだ

君との距離が、八〇〇キロメートルも先とは
とても老骨・喘息のぼくには、手が届かぬが
何とも
何とも口惜しい限りだ
それにしても、どうしたことだ
訃報を訊いた後の
かくも、涙を忘れた晴れた晴れ晴れした悼みは
君の自若とした死の受容の
潔い立居《たちい》

いま、峻険を抱えた高い山を仰いだ時の

あの身内から湧き上がる畏れが
君の、この世の午後六時一五分という停止した時刻と
ぼくの熱い泪を
頑なに捩じ伏せる

※註　元愛媛県身体障害者団体事務局長・大石弥智代氏の霊に捧げる

目の前を動かない

死者は
死者を慕う者の思いに縋《すが》って
生き続ける訳ではない
死者は
現世を遠く離れて
その離れた一番近い処から
問いのない視線で生きている

弥っちゃん
君は一二日に亡くなったが
日が浅いせいばかりではなくて

つい、ぼくの目の前にいて一向に離れない
ああ、君の亡くなった時刻に
ぼくは君が手配してくれた
愛南町産の甘夏蜜柑《あまなつ》を喰べていたのだ
からだの中を
あの甘い酸味とともに
弥っちゃんがすっと通っていくのが分かった
疼くような、歯に沁みた蜜柑は
一三、一四、一五と日を追っても
少しも衰えない香りが
いまもぼくの舌に遺っているし
夢幻《ゆめまぼろし》でない弥っちゃんは
そのままぼくの目の前を動かない

君は、余りにも早く
一二日に起こる自身の始末を知っていて
ぼくはぼくで
それはまだまだ先の話で
例えそういうことがあっても
弥っちゃんの合図《サイン》があるものと
高を括っていたが
そこに強い怖れを抱えながら倚っていたが
その刻になると、やっぱり針尖《はりさき》の痛みで
ずきりと立ち現われ
そしてそのまま、きみはぼくの目の前を
いささかも動かない

ぼくはいま、痛恨の泪の中で

いつも変わらぬ君に出喰わして
だから別離など
小っぽけな感懐に浸る間もなく
目の前の君を迎えている

（2013・5・18）

煙

――葬い――

煙が高いエントツから
すっと一筋上がった

それはエントツの筒の太さだけの形で
つっーと背伸びするように伸び切り
伸び切った烟《けむり》の先は
空に突き刺さるように直進して崩れない
ああ
あそこに君はいるんだ
思い残した思いの先を

そのまま烟の尖端にして貫こうとしている
烟は、直線を不動にして
行く手はまるで見えない
もはや低迷も停滞もなく
この世の空気に同化した後の始末だ

すると、もう
君はぼくになってしまって
昨日からのぼくを生きているに違いない

（２００９・10・９）

きみについて

きみの話を始めようと思う
きれいなお嫁さんをもらって
有頂天になっている
そのきみについて
話を始めようと思う

――それで、先ず
きみのバサバサの髪について
一言せねばならない

――で、他に

きみの爪先《つまさき》のいいかげんささくれた靴についても
言及しなければならなくなる

——そして、他に
きみがせかせかと
そうだ、いつもせかせかと
まるで鉄床《かなどこ》を走る湯玉《ゆだま》のように
ぽくのわきをすり抜けて
ぼくの前を行ってしまうことについても
ちょっぴり言わしてもらおう

——先ず
髪の毛である
きみはごしごしと油をつけない

〈よろしい〉
と、ぼくは思うのだ
油を塗って髪をやくざにしてはいけない
きみがいつも
だれより希望について敏感なのは
きみの頭《つむり》を覆う髪が
風の働きに機敏な反応を示すからだ
常に逆立《さかだ》っている髪の一筋ひとすじは
気配すらみせずに吹いてゆく
あの気紛れな春風をも捕えてしまう

——で、他に
靴である
きみはささくれを気にしていない

〈よろしい〉
と、ぼくは思うのだ
ぼくら一日を
たった二四時間しか生きられぬ人間が
一刻《いっとき》としてこころ傷《いた》まぬ日があっただろうか
きみが愛すべき靴は
きみの満身の痛みを
深ぶかとささくれているのだ
きみよ
踵が抜けても
爪先のある間は履いて歩け

――そして、他に
せかせかと行ってしまうことである

きみは後をも見ずに行ってしまう
〈よろしい〉
と、ぼくは思うのだ
行って人混みに消えてしまうきみを
ぼくは取り残されて見送っている訳ではない
きみは、ときに
なにも言わずに行ってしまうが
いつも声もなく光る眼を
ぼくの胸倉《むなぐら》に
刃物のように刺し込んでいく
ぼくは一瞬
そいつを火の玉のように呑みこむと
きみの忙しい靴音のなかから
ずっしりと重い挨拶やら報告やらを数えるのだ

――さて
ぼくはきみの話を始めている

この風も冷たい二月
バサバサの髪で
ささくれた靴で
不意に、きみは
真向かいからやって来た
きみの跫音は
あいかわらずせかせかだが
きみの跫音に寄り添った
もう一人の靴をともなってやって来た
そうすると

ああ　ぼくら
耳を疑りながらも
瞬きも凍るこの季節
春がやって来たということを
かたく握りしめた拳でしっかり感じてしまうのだ

そうだ
ぼくはきみの話を始めている
しかし、きみの二足の跫音が
あいもかわらずせかせかと
ぼくらの背後から
ぼくらの正面からやって来る以上
きみの話をおしまいにする訳にはいかない

そうだ
ぼくは再び、きみの話を始めようと思う

（1959年、田中正平君の結婚を祝して）

ぼくら色の風景

ぼくら色の風景

空は、青から露草色に抜け出て
だんだん透明になっていく
MOMOと二人で
この道から広がる空の行方を追いながら
戸川の堤を西に歩いていく
すでに、円味と弾力の無くなったMOMOの左手を
ぼくの右手に収めて
やや登り勾配の道を
互いの呼吸の折り合う速度で拾う
破損《いたみ》はげしい道に
足許をとられまいと運ぶ気遣いの度に

ぼくに預けた君の手は
びっくりする程の力で縋《すが》ってくる
ご覧、ＭＯＭＯよ
辺《あたり》の山の装いは、春から初夏に移って
薄緑色の靄の向こうに
なにやら黝《くろ》に近い深緑が動いて
ぼくらを遠く呼んでいる
あそこに何かがある
あそこまで行けば
ぼくらの探すなにかがあるに違いない
あそこは、行くほどに深く烟《けむ》って
まだ深く眠っている
ぼくら、今日を生きて
どこへ向かっているのか、二人して歩いていく

応えのない悦び
酬いのない充足
蹌踉《よろ》けてはいけない
転んではいけない
だから繋いでいる左手と右手
重心は架けることもなく繋いだまま
有るか無いかの、季節の風のまま
この道、歩いていく
ぼくらの風景のまま
この道、まっすぐ歩いていく

（2013・5・1）

未知に向かう

両の腕を緩やかに輪にすると
きみはゆったりとその輪に収《おさ》まる
いつの間に、そうなっている不思議
ぼくの腕と
きみの僥《しな》やかな腕と
輪を解《ほど》いて肩を寄せ
そっと手を繋ぐと
足は揃って先を拾う
合図もなく
歌もうたわないのに
その先の、ずっと遠い未知に向かっている

宛てのない
しかし、片刻《かたとき》も忘れがたい
未知の夢と発見に向かって
生まれたばかりの赤子のように
その先の先を強請《ねだ》って歩く
赴《おもむ》く天地は、未踏の神秘で
二人が、どこかで繋がっていないと
すぐに逸《はぐ》れてしまうから
その深い不安で
しっかり躰を寄せ合ったまま歩いている

（「イマジネーション」10号）

算術

ぼくはまず
ぼく自身を支えて生きる
ぼく自身が支えられなければ
MOMOを支えることができないから
ぼくは、そして
MOMOの手を執って
座椅子から起ち上がらせる
近頃めっきり軽くなったとはいえ
生命はとても重いもの
ぼく自身の起立に要するエネルギー以外の
持ち合わせる総てを力にして

ようやくＭＯＭＯを起たせる
ＭＯＭＯの足の平は
まだそこを踏み出す力を
溜め終った状態になっているので
ぼくは、一呼吸二呼吸を計って
いいよとサインを送る
すると、まず
右の足を怖る怖る半歩にして踏み出す
再び呼吸を整えて
からだを預けたままの左足の重心を
右足に移し
左足を右足の隣へ運ぶ
ここが揃って始めて
緩慢ではあるが、右足が躊躇《ためらい》なく前へ出る

呼吸を溜めたエネルギーを、バランスの配分をとって
人並みに近い歩みに移る
ぼくたちの日常の営みは
二人分で生きる力を
上手に分かち合って生きている
このことは、知恵とか技術ではなくて
足し引きの算術である

（「虹」39号）

嬉しい毎日がある

キャベツを買ってくる
肉の細切《こま》れを買ってくる
納豆を買ってくる
饂飩を買ってくる

冷蔵庫を開けると
キャベツも肉も
納豆も饂飩も
昨日も一昨日《おととい》も、 買ったものがある
有る中に有る中に買っておかないと

急に無くなることがあるから
有る中に有る中に買って
有る中に買った前に買ったものが腐っていく

賞味期限を見ない
有る中に買ったものが腐ったことに気付いていない
目に映るのはただ人参の朱い色
食パンの枚数

卵焼きは見事に形良く焼き上がり
大根やキャベツの塩揉みは上々の出来具合い
魚は程良い煮付け、肉は韮《にら》で炒めて上首尾だが
天麩羅、カツはもう五年も忘れている

炊事も洗濯も
時に鼻歌が出る程楽しい
暮らしを自分で仕切り
たった今を、キチキチ裁量できている

そうした毎日が動かないこと
目先の変更を忘れた毎日が動かないこと
そのテキパキと変わらない毎日がある
怺《こら》えようもない程嬉しい毎日がある
何も失っていないという充たされた毎日がある

ずっとずっと、その毎日が続く毎日がある

（2007・5・15）

私がいない

車の鍵《キイ》がない
印鑑《はんこ》がない
健康保険証《ほけんしょう》がない
預金通帳がない
財布がない
眼鏡《メガネ》がない
薬がない
櫛がない
黒糖あめをどこへしまったの

私がない

今日は何日
何曜日
ことしは西暦何年
平成とどう違うの
戸外《そと》は桐の花の薄紫色の微風《かぜ》が流れている
間もなく八十八夜に送られて
新茶の香りに代るだろう
その軽やかな風に
燕や揚羽蝶が乗って来て
お前は　俄に我に返る

呼んでるのは　だれ
お父さんはここにいるし

子どもも孫もいるし
呼んでるのは　だれなの
私がいないのに

私がいないのに

（2007・5・15）

勝手許の乱

たかが流しに、水道の蛇口
俎《まないた》にガスコンロ
炊飯器に電子レンジ
冷蔵庫に蠅帳《はいちょう》
そんな設《しつら》えを殺風景とみてはいけない
静寂《しじま》深く潜んで
じっと出番を待っているものがいる
野菜櫃の中にある里芋だ
人参だ

小松菜だ
葱の束だ

それに鰯の丸干し
鮪の味噌煮
牛肉の小間切れ
ウインナーソーセージだ

包丁があるぞ
大根おろし器がある
鍋があって、フライパンがあって

この勝手許に
黙って、いつも肩怒らしている

これら面々が
一斉に働きだしてごらん
途端にここは戦場だ

ぼくにしてからが
ぼくの中の縒り糸にも満たぬ生命のあれこれが
こいつらと一緒に暴れだすんだ

やがてこいつらが
一働きして停戦となる頃
ぼくはこの戦乱にまみれ
あえなく名誉の負傷をして
野戦病院に引き取られる

（「虹」39号）

朝餉

ほぼ、午前六時起床
三間《さんげん》の、広縁と廊下のカーテンを引く
玄関、門扉、ガレージの門を開ける
その手で厨房へ入る
じゃが芋、人参を剥き
小松菜を刻み
味噌を漉《こ》して味噌汁を作る
炊き上がりの炊飯器のご飯を
神棚、仏壇へ供えて
さて、ＭＯＭＯとぼくの茶碗によそる段取りとなる

木曜日を除く
一週間六日の、狂いない日課

この営みは平穏だろうか
この時間の運び
老い先の、露ほどの余命を費やす日常を
空疎と見るか

朝のテレビ、新聞の情報に触れず
人の行き交いや会話に塗《まみ》れることなく
この一刻を
ひたすら食卓の室札《しつらい》に傾ける
老々介護の六日が
少しも変らないで、面妖《おかし》いか

榾火《ほだび》だとて
炎を深く抱いている以上
掻き立て、吹き立てれば
赫々と輝きを飾る心意気がある

ＭＯＭＯの常態の
引き付けのように蘇る記憶の合間合間に
通常の
極く普通の
当たり前の
つまらない時間の運びを拾う
我が暮らしの佇まいが
逆戻りする訳もないが
さりとて、なんの躊躇《ためらい》なく前へ進むことでもない

ＭＯＭＯの、その巡り合わせた時の眼が
捉えたままを揺れるだけ

煮上がった味噌汁に
賞味期限の卵を落とせば
我が家の朝食である

（2013・9・27）

この道

百舌《もず》の高鳴きで
ぼくの家の庭の上に広がる空が
吹き上げたように磨きがかかった
このたとえようもない嬉しい晴れに
不意を襲った冬は
曇ったり時雨たりの悪戯《わるさ》はしまい
この処めっきりぼくは
老いの荷が重いＭＯＭＯを誘って
寒気のつのった道へ出る
この道を
ＭＯＭＯの手を引いて拾うと

桜の黄ばんだ落葉に混じって
朱に臙脂《えんじ》をとばした花水木の葉が
二人の足許に戯れる
引かれた手をそっと手操りながら
足の運びを加減する
いきおい拾った足取りは緩慢となり
呼吸遣いの乱れを誘う
この道は、途中登ったり下ったりの勾配で
道行く人の
達者の度合いにかなった息を弄《もてあそ》ぶが
年寄りには、やや強い一所懸命だ
若者はみな、車で行き来するものだから
坂道だと、覚えることはない
ぼくとMOMOにとって

気丈を欠いた呼吸を、どのように合わすか
そのとき
足取りをどんな具合に揃えるか
思案を調整する道だから
ぼくはここを
この道を
リハビリ坂と呼んでいる
ここを登り切ると
平な土堤の向こうの川は
夏の日照りで水を枯らしたままだ
この枯れ果てた風景の地球に
ぼくら二人、生きている

（2013・11・23）

気付き

たとえば、汚れた下着を洗面所へ運んで
洗濯機に入れてスタートさせる
ふと、裏庭に目をやると
燃え尽きた花水木の落葉が
庭一杯をじゅうたんのように敷き詰めている
この落葉を掻き集めて
ゴミの袋に詰めていると
枯露柿《つるし》に剥いた柿の皮が
ザルに山のように積まれて
別棟《はなれ》の入り口に置いてある
周章《あわて》てこれを

広がりよくムシロに干し上げる

目的にない気付きが
次から次と表われ
その都度の気付きに
それまでの作業の必要を忘れて取りかかって
やがて草臥《くたび》れ果てる
いままでやっていたことをすっかり忘れている

こうして、季節を忘れ
歳月を忘れ
髪の毛の一筋
指先の感触
シャツのボタンの縢《かが》り具合

そこと、心の停まりの案配で
たったいま自分のやっていること
生きている証しを確認する

そのとき、その場の心の当たりで
その日の自分を見付け出す

どの思いも
やって来ていない明日には
いまのＭＯＭＯには繋がらない

（２０１１・11・29）

年賀通信詩集

今日の日は、今日限り

今日に　思い遺しはないか
今日生きたきびしさのままで
明日　明けてくる朝を
躊躇《ためらい》なく迎えられるか

今日を　心おきなく仕終えたか
精一杯を　その手足に集めたか
昨日のわだかまりが
すでに　雪のように消えているか

今日歩んだ道に

明日　きみの足跡はない
今日の歩みは　今日のためにだけある
明日は　足が運べぬほどの痛みと覚悟することだ

明日を呼ぶな
呼吸絶える程に　気を詰めて
愛する人に　今日の悔を遺してはいけない
その思いに灯を点《とも》し　明日を迎えることだ

（2013年元旦）

ナンナンの空

ナンナンが両手いっぱいの画用紙を広げる
ナンナンの手には、青いクレヨンがある
広げた画用紙の、上三分の二を
ナンナンは丹念に青で塗り上げる

画用紙の下の三分の一の
左手前に、女の子とその母親と
爺さん婆さんと四人が、青い空を見上げている
ナンナンの大事な家族だ

右下に家が三軒建っている

左端の家は大きくて、ナンナンの家
真ん中は、モエちゃんハナちゃんの家
右端は、あーちゃんなっちゃんの家

雲一つないこの大きな青空は
ナンナンのもの、肩を並べた三軒の家のもの
このきれいな空にオスプレイはいらない
この日本の空にオスプレイはいらない

（2013年元日）

眩しさに生きたから

私の妹は、お正月さんが好きでした
お祭りや祝いごとが、殊のほか好きでした
派手好みというより、根っからの
人のもてなし、人と交わることが好きでした

その妹が、昨年
異常の日照りを予感させる卯月
美濃の外れの病院で、膵臓がんを患い
二人の養子に抱かれて亡くなりました

蓄財や栄誉に馴染まず

家族、近隣への、惜しまぬ雑作に酔い痴れて
そんな気心で迎える晩春の眩しさを
胸一杯に抱えて生きる妹でありましたから

世智に背いた分、如才をゆたかに身に付け
満面の笑顔で明け暮れた日々
そんな妹の、愚かな優しさに負けて
私は、「喪中に付き」のご挨拶をやめました

（2014年元旦）

この道はいつか来た道

とうとう行きつく処へ行きついてしまった
だが、ここは袋小路ではない
この国で、強権と独裁を仕組んだ政《まつりごと》は
ついこの半世紀前のことではなかったか

道徳を「知識」で教える愚か
三猿※註に「秘密」の錠前をかける愚か
戦争という猛獣の檻を抉《こ》じ開ける愚か
この醜い手、汚れた手を取り払え

太平洋戦争で亡くなった３２４万人の同胞は

平和や民主々義の幸せを知らずに死んだ
あたたかい愛の言葉をかけあえずに死んだ
この人たちへの罪の償いも終わらぬ中の出来事だ

道は決して行き止まりとはなっていない
この高々と積まれた独占という障害物を
みんなで取り除きさえすればいい
みんなの力で、取り除きさえすればいい

（「平和新聞」２０１４新年号）

※註　見ざる聞かざる言わざる

平安

再び巡り来ることのない　この日
生きていることを喜べるのは
君がいるからこその証し
指切りを重ねる程の確かなこと

支え合った生命と歳月が
握りしめた指の間からはらはら落ちようとも
取り繕うことなく
ありのままを　生きていこう

櫛の目にもかからなくなった髪が

真綿のように柔らかくなっても
互いに櫛を入れ合う愚かを
今日も繰り返し　繰り返す

もうだれはばかることのない　この平安
改めて　君だけのものだと
ぼくの君だけのものだと
君だけしか組み合えない腕を組んで行く

（２０００年元旦）

汚してはならない

掌を、いっぱいに広げる　知恵の及ばない
足はかろうじて前を拾うだけの技倆の
年端もいかぬ子が
今朝、蒼穹の天心を指差した

母親以外、人を見分けぬ
瞳《ひとみ》　定まらぬ眸《め》に
光のように映ったものは、なに
疾風にように走ったものは、なに

この快晴の　高い天は

昨夜、寝もやらず霜を結んだ露が
星に託して磨かせた玻璃
その幼い手で打てば、キンキン鳴らずにはいない

いま、母親の懐深く抱かれて
静かに預けた小さな寝息を
彩り淡い　稚い夢を描いた空を
いかなる日も　決して汚してはならない

（2001年元旦）

この期に及んでの記

　ようやくと云うかまあまあと云うか、思い遺しのない程度の作品をまとめることができたと思っている。
　ただ、この期に及んでの誹《そし》りを覚悟で云えば、一九六〇（昭和三五）年一〇月三日から五日まで甲府市内の岡島デパートで開催した、新協美術会（主宰・故田代光）の佐藤昭とぼくの詩画展は、当時としては異色で画期的であったと取材に来た山梨時事新聞記者の寺田重雄が褒めてくれたが、この時の作品は目録だけ残っていて一点の作品もなく、ついに記録にとどめることができなかったことが、悔やまれてならない。*註
　さて今回の『春宵』は、ぼくのライフステージの通過点ではなくて、終着駅が見渡せる二つ三つ手前の小さな駅あたりで、少々息切れで小憩を余儀なくされているところ。と云ってぼくは、だからこれをもって年貢の収め刻とは考えていない。

ぼくが生きている限り、口幅ったい云い方だが、ぼくの耳目に日本が映っている限り、ぼくの貧しい歌は歌い止まることがないだろう。

戦後の我が国の歴史は、ようやく血と汗で購い取り戻した民主主義も、自由も、人権も、戦前戦中の強権と恫喝《どうかつ》の政《まつりごと》に逆戻りさせる謀《はかりごと》を企む亡霊によって、貶《おとし》められ汚されてきた屈辱の道程であったから、ぼくは一人の市井の人間として我慢ならず、胸灼く思いの丈を歌い続けてきた。

そんなぼくだから、いつの間にか見てくれや恰好の良さ、優しいあしらいには必ず距離を置いて吟味することが習い性となってしまった。

つまり本物か偽物かを、本能的に見究める自衛の構えが身に付いてしまった。

ぼくの詩は、いつも検証が正味だ。だからぼくの詩は、鑑賞用ではない。専ら人肌の温もりや腹の足しになる暮らし（詩）を歌っている。

この際、ぼくの詩はぼくが今主宰している詩誌『虹』（季刊）の「テーマ」が生命であることを明記しておきたい。

●虹のテーマ
一、虹は次の五つのテーマを目差します
（一）虹は人間をうたいます
（二）虹は生命をうたいます
（三）虹は愛をうたいます
（四）虹は暮らしをうたいます
（五）虹は平和をうたいます
二、虹は明日に向かって、限りなく惜しみなく五つのテーマを高らかにうたい続けます
三、虹が私達の空に架かる日は、いつも晴れています
私達は虹になって、人と人の心に、夢と希望の橋を架け渡します

二〇一四年　二月

花里鬼童

＊註　詩画展テーマは「証人」15号×12点

花里鬼童　略歴

- 1930年、東京に生まれる。
- 1953年、山梨詩人集団を主宰、詩を中心とした全国文芸誌「ぶどうの実」を創刊
- 2001年より詩誌「虹」を発刊、主宰
- 詩集「明日集」(1951年)、「生活の発見一～二集」(1958～1960年　千葉県農業技術課刊)、「農村の詩・短歌・俳句作り方入門」(1957年　農山漁村文化協会刊) 渋谷定輔、現代歌人協会の山田あき、新俳句人連盟の栗林農夫(一石路)と共著
- 2010年、詩集「結露」(けやき出版)
- 2011年、詩集「春の雪」(けやき出版)
- 2012年、詩集「風花」(けやき出版)

元・新日本文学会 会員、日本農民文学会 会員、
山梨文芸協会 会員、山梨県詩人会 会員

詩集　春宵《しゅんしょう》

2014年3月1日　第1刷発行

著　者　花里鬼童
〒400-0502 山梨県南巨摩郡富士川町最勝寺1347
TEL 0556-22-4567

発　行　株式会社 けやき出版
〒190-0023 東京都立川市柴崎町3-9-6 高野ビル1F
TEL 042-525-9909　FAX 042-524-7736

DTP　ムーンライト工房

印　刷　株式会社 平河工業社

定価はカバーに表示してあります

©KIDOU HANAZATO 2014　Printed in Japan

ISBN978-4-87751-512-6 C0092

花里鬼童 既刊詩集

詩集 **結露** 一〇〇〇円

詩集 **春の雪** 一五〇〇円

詩集 **風花** 一五〇〇円

長年、詩作を通して芸術、文化、福祉と
幅広い活動を続けてきた花里鬼童。
四季折々に出合う花や鳥、友を思い家族をうたう。
名もなき市井の人々の日常を紡いだ珠玉の詩集。

あの戦後という過酷で、非情で、無惨な土壌があったからこ
そ、ぼくはそこに小さくて貧しいが「明日」という希望の種
を懸命に蒔くことができた。（『風花』所載「種を蒔き続ける」より）

けやき出版 刊　＊価格は税別